VENTE
du VENDREDI 27 JANVIER 1905
Hôtel Drouot - Salle n° 10
à deux heures

DESSINS

PROVENANT DU

COURRIER FRANÇAIS

DESSINS DE
GÉRÔME, CHÉRET, WILLETTE
FORAIN, PILLE
HELLEU, WIDHOPFF, VILLON, etc.

Willette, n° 101

M⁰ Raymond PUJOS, Commissaire-Priseur

M. KLEINMANN, Expert

Catalogue des Dessins

PROVENANT DU

"COURRIER FRANÇAIS"

DESSINS ORIGINAUX. AQUARELLES & GRAVURES

DE

ABRAHAM.	HERMANN-PAUL.	RASSENFOSSE.
CHÉRET (Jules).	LAMI (M. G.).	RAVEN-HILL.
DUDLEY-HARDY.	LEGRAND (Louis).	ROBBE (Manuel).
DUMONT (M.).	LUNEL.	ROUBILLE.
FONTANEZ.	MANUEL.	SOMM (Henry).
FORAIN.	MORIN (Louis).	TILLY.
GÉROME.	PHIL MAY.	VILLON (Jacques).
GUILLAUME (Alb.).	PICARD (G.).	WIDHOPFF.
HEIDBRINCK.	PILLE (Henri).	WILLETTE (A.).
HELLEU.		

Dont la Vente aura lieu :

HOTEL DROUOT - SALLE N° 10

le VENDREDI 27 JANVIER 1905, à 2 heures

COMMISSAIRE-PRISEUR

M. RAYMOND PUJOS

24, rue de Maubeuge

EXPERT

M. KLEINMANN

8, rue de la Victoire

EXPOSITION PUBLIQUE :

HOTEL DROUOT, SALLE N° 10

le Jeudi 26 Janvier 1905, de 2 heures à 6 heures

CONDITIONS DE LA VENTE

Elle sera faite au comptant.

Les acquéreurs paieront **dix pour cent** en sus des prix d'adjudication.

N.-B. — Le droit de reproduction des dessins est formellement réservé.

M. KLEINMANN, expert, 8, Rue de la Victoire, à Paris, se chargera des commissions pour les personnes qui ne pourraient assister à la vente.

DÉSIGNATION

ABRAHAM, R.

1. — En Norvège.

CHÉRET

2. — *Le Courrier Français*, réduction d'affiche.
3. — Le Quinquina Dubonnet, réduction d'affiche.

DUDLEY-HARDY

DUMONT

7. — Feuilles de paravent (fragment).

FONTANEZ

8. — Et maintenant je suis un Homme.

9. — Le Retour de l'Enfant prodigue « Et dans quel état...
mon Dieu !

10. — Le Péril rend ingénieux.

11. — Hein ! mon vieux, il est plus difficile à monter qu'un
anglo-normand !

12. — Rêve de Potaches.

13. — Vaine attente.

14. — Ironie du sort : « Et dire que dans ma jeunesse les
lorettes vieillies m'ont fait rire. »

FORAIN

15. — Croquis original.
16. — L'Abonné de l'Opéra (épreuve en couleurs).

GÉROME

17. — Gérôme au bal Gavarni.

GUILLAUME, Albert

18. — Le Premier de l'an.

HEIDBRINCK

29. — Souvenir d'un Bal costumé du *Courrier Français*.

HELLEU

20. — Tête de femme (épreuve unique).
21. — Tête de jeune femme (épreuve unique).
22. — Epreuve coloriée.

HERMANN, Paul

23. — Un Quinquina Dubonnet, hein ? Çà nous rappellera
Paris.

24. Dame du monde.

25. — Croquis.
26. — Croquis.
27. — Croquis.

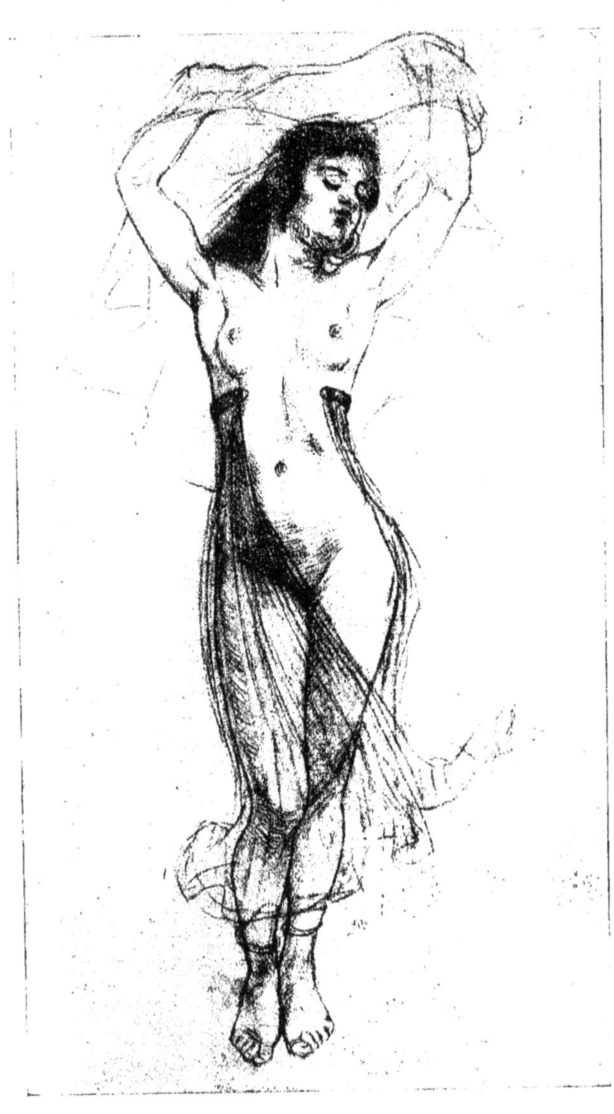

LAMI, M. G.

28. — Pour le concours de Balcons fleuris

LEGRAND, Louis

29. — Croquis.
30. — Le Baiser (gravure).

LUNEL

31. — Une Mauvaise rencontre.
32. — Charmante soirée « mais un peu fraîche. »
33. — Dernières roses.

MANUEL

34. — Epuisement (souvenir de Londres).
35. — Le Sport pédestre.

MORIN, Louis

36. — Carnavals parisiens (épreuve en couleurs).
37. — Dessin pour le *Courrier Français*.
38. — Pour le Programme d'une Fête d'artistes.

PHIL MAY

39. — Portrait de Jeune fille.

PICARD, G.

40. — Le Printemps (gravure en couleurs)
41. — L'Eté (gravure en couleurs).

PILLE, Henri

42. — Orphée.

ROBBE, Manuel

43. — Le Travail.

RASSENFOSSE

44. — Almée.

RAVEN-HILL

45. — La Pluie.

ROEDEL

46. — Au Bal du *Courrier Français*.

ROUBILLE

47. — Contrastes.

SOMM, Henry

48. — Trottin.

TILLY

49. — La Race canine.
50. — Je vous garantis mes filles Madame, avec leur caractère elles ne tomberont jamais dans la débauche.

VILLON, Jacques

51. — La Bouteille de « Cordon Rouge ».
52. — Des Congrégations « Pour conserver les trésors que Dieu nous a donnés. »
53. — Le Mümm cordon rouge et la Môme cordon bleu.
54. — Le Camelot « Ah dame si j'avais une femme comme ça, moi non plus je ne vendrais pas de journaux. »

55. — L'Enfant de l'Amour et du Hasard (Claudine à Mont-
      martre).

56. — Une belle Poitrine.

57. — La Dame de pique.

58. — Voyez terrasse.

59. — Pour une amie qui recherche des sensations neuves.

60. — Les Accessoires dans la vie c'est le principal.
61. — Congrégations autorisées (L'Abbaye de Thélème).

WIDHOPFF

62. — La Gardeuse de chèvres.
63. — La Bénédiction de la mer à Equihen.
64. — Comment elles prennent le frais.
65. — M^ll^ Gaby Deslys de la Scala.
66. — Bébé Roi.
67. — L'Adoration perpétuelle.
68. — L'Armée, le Peuple, la Bourgeoisie.
69. — Retour de voyage.

78. — Par trente degrès de chaleur.

79. — Les Petites filles de 24 ans sur les boulevards.

80. — Boutons de roses.

81. — Le Raccommodage des filets.

82. — Regardant d'où vient le vent.

83. — Dessin du menu d'un banquet offert à M. Mourier.

WILLETTE, A.

84. — L'Attaque du Courrier.

85. — Diplôme d'abonné du *Courrier Français* (gravure en couleurs).

Willette, n° 92

Willette, n° 93

Willette, nº 107

Willette, nº 94

86. — Le Bol de lait.

87. — Costumes de Revue.

88. — Chacun sa Muse (épreuve lithographique).

89. — Mon cher Ducarre, soyez sans inquiétude, suis en train
de faire des études pour notre *Revue en plein air*.

90. — Pour un menu de la Poule au Pot.

Willette, n° 114

Willette, n° 104

Willette, n° 84

Willette, n° 91

91. — Vue prise instantanée de l'entrée du bal virginal du
Courrier Français.

92. — Diplôme du Diner de Faveur.

93. — L'Etoile de café concert.

94. — Aie pas peur, ma bonne année, le *Courrier Français*
t'enlèvera aussi gaiement que tes aînées.

95. — L'Odéon, la Comédie-Française, le Grand Opéra,
l'Opéra-Comique et les Variétés.

96. — La légende de Sainte Ursule.

97. — *Les Demi-Vierges*, revue de MM. Jules Roques et
Hugues Delorme (épreuve unique).

98. — Dessin de la carte d'invitation au bal blanc du *Courrier
Français* (30 avril 1893).

99. — 24 Dessins aquarellés pour des costumes de Revue.

100. — Carte de visite du *Courrier Français* pour 1905.

101. — Dessin pour la vente du *Courrier Français*.

102. — Dessin pour la vente du *Courrier Français*.

103. — Le Bain du mimi (épreuve unique).

104. — La 19ᵉ année du *Courrier Français*.

105. — Le Bain de la Parisienne.

106. — Carte de visite du *Courrier Français* pour 1903.

107. — Le Dîner de Faveur.

108. — Les souhaits du *Courrier Français* à ses abonnés.

109. — *Le Courrier Français*.

110. — Carte de visite du *Courrier Français* pour 1898.

111. — *Parce Domine* (épreuve en bistre du tableau de Willette, très rare).

112. — La Barricade (épreuve unique).

113. — La première danse (gravure en couleurs).

114. — Pour une carte de visite en 1904.

115. — Les succès de l'Opéra-Comique.

116. — Déclaration de Louis-Philippe à la République).

117. — Pour un menu du Dîner de la Poule au Pot donné au Café de Paris.

Willette, n° 89

Le COURRIER FRANÇAIS illustré

(22ᵉ année) — *Paraît tous les Jeudis*

LE PLUS ARTISTIQUE DES JOURNAUX ILLUSTRÉS

Directeur : M. Jules ROQUES

Prix de l'Abonnement : un An, **25** francs

NOMBREUSES PRIMES RÉSERVÉES AUX ABONNÉS

Deux Fauteuils sont offerts chaque année aux Abonnés d'un an pour chacune des deux Représentations théâtrales organisées exclusivement à leur intention.

Prix du Numéro : **O fr. 50**

dans tous les Kiosques, Gares, Librairies et aux Bureaux du "Courrier Français"

10, Avenue Trudaine, à Paris